U0060423

鏡像攝影
copyright © by 鏡像

幻境乾坤

鏡像詩集

鏡像○著

前　言

《我是風》

我是風　穿過鮮豔的花叢　不帶走豔麗
不帶走馨香模樣

我是風　穿過紅黃的樹林　不帶走顏色
不帶走輝煌

我是風　撫摸過你的臉頰　不帶走愛戀
不帶走情傷

我是風　擁抱過你的身軀　不帶走熱情
不帶走回想

我是風　進入過你的心靈　不帶走心跳
不帶走心房

我是風　在天地之間遊走　不帶走牽掛
不帶走激盪

我是風　隨緣安住在境緣　不帶走煩惱
不帶走名相

我是風　念動從虛無中來　不帶走三界
不帶走五行

心念一打盹

妄想在情裡逃遁

心情一氤氳

化成朦朧煙雨詩韻

一醉萬年情深

鏡像攝影

目錄 CONTENTS

目錄

CONTENTS

目錄

CONTENTS

目錄 CONTENTS

鏡像攝影

我在等著風

等著風吹動風鈴

把靜寂驚醒

看風留下風影

烙印在心庭

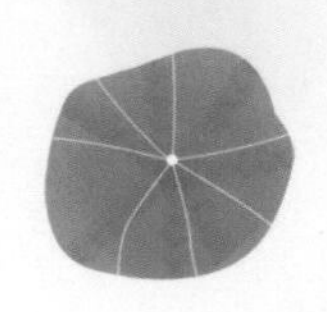

夢幻的心境

一夢醒來
情執為何不走開
煩惱排隊走來
只因內心的情愛

夢幻裡　心的鏡台
無常在裡待
時常花開
擁吻入心懷

在一片愛慾的情海
乘著風去來
遊歷世界的黑白
體會日月關懷
一片雲彩
飄在心裡還是心外

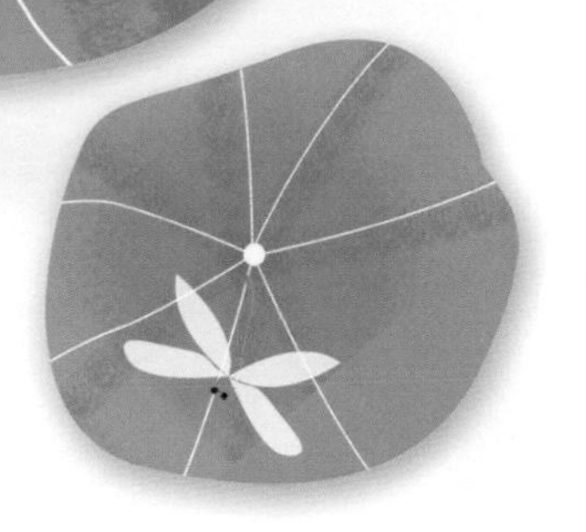

迷霧起來

看不清　發呆

妄想使勁猜

不明由來

未來的門打開

誘惑可真帥

纏繞著進來

情思紅了臉腮

雨濛濛與心和藹

剎那間瘋起來

只是命運要說拜拜

心一懵　大腦空白

身心沒有了儀態

心生一片雲彩

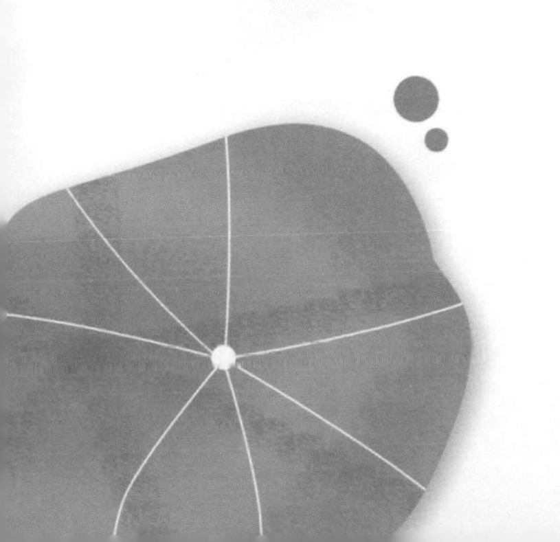

幻境乾坤

心念一打盹
妄想在情裡逃遁
心情一氤氳
化成朦朧煙雨詩韻
一醉萬年情深

夜色已更深
窗外風雨陣陣
心情沈沈
沈落了一顆心
讓悲傷浸透了全身
吞噬了靈魂

心緒像滾動的車輪
碾碎了情感信任
碾碎了夢一樣的青春
留下一道傷痕
是心與心的印痕
在一個天地裡
糾纏著混沌
創造一個幻境乾坤

轉動六道的車輪
每日從早晨至黃昏
迷茫在紅塵
夢幻深情地擁吻
心被情鎖困
納悶天上一道彩虹門

祈禱一份誠懇

頂禮心中至尊聖神

神化一氣

顯現了廣闊無垠

氣可吞山河

情殤夢幻混沌

寂靜了　了無痕

等著風

我在等著風
等著風吹動風鈴
把靜寂驚醒
看風留下風影
烙印在心庭

我在等著風
拂動樹梢的叮嚀
窸窣的溫柔聲
是那樣地入耳輕輕
情意讓心感應
泛著柔柔的輕盈

情的凝結

陽光下的蝴蝶
融化了心裡的黑夜
熱烈的季節
掀開了新的一頁
用心把景色描寫
暖陽也親暱地傾斜

心裡掃過寒雪
掩埋過前世的落葉
曾經的嗚咽
恍惚夢幻的冬眠
夢裡嘆息著
一年一世的離別

光陰和心念重疊

情份有了情結

情意繾綣了熱烈

兩顆心把孤單融解

一念情的凝結

偷竊了歲月

把日月星辰寂滅

風流天下

一輪朝陽生彩霞
彩霞是心生翅膀的意馬
飛出圍心的家
清風清涼是一壺清茶

心生一園春花
芬芳讓心是一朵桃花
情感有七有八
讓大愛風流天下

一念塵世繁華
讓心成為一炷紅蠟
燃燒發光是生涯
沒有傷疤　也無價

滄桑是折磨的黃沙
歲月是一頭白髮
我依然瀟灑
說著大愛的情話

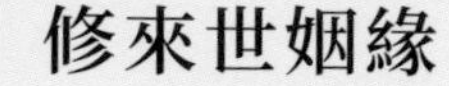

修來世姻緣

紛紛細雨來遲
已挽救不了相思
遙遠的距離
是命運的前世
埋下無奈的種子

相思綿延了多世
從有了相遇的愛意
就有了分離的開始
短暫的相視
像曇花轉瞬即逝
剛剛吟誦了一首情詩
每一個字
就拉長了日子
變成了歷史

沒有天意恩賜
讓歲月滄桑了髮絲
灰白了景象心思
灑了多少淚滴

此岸和彼岸四季
只是在心裡
像雲煙飄浮的影子
妄想著來世
能夠修成正果
正果的花飄香塵世
哪怕千年也願意

紅塵一生緣

紅塵一生緣
如雲煙
陰陽此岸彼岸
只是留戀
夢幻燈火闌珊

相續的情念
緣聚緣散
化現一串蜜語甜言
癡癡地糾纏
情在眉目間

一生情所戀

撥動心弦

刻骨纏綣牽絆

風雨無懼　愛是雨傘

相惜無憾

不知誰相欠

今世緣

卻是相遇所戀

遊歷了四季的世間

奇妙的詩篇

古卷的一根絲線

一根紅絲線
心生命運的兩端
因緣聚和散
是成雙　還是落單
只是前世的故事
延續到今世的詩篇

拾起一古卷
好熟悉的情感執念
那心中的顧盼
聚散只是一根線
聚到一起是圓
散了是情分兩端

緣聚一起相牽

美麗的雙眼

就是詩篇的書籤

那纖手的指尖

彩繪了經年

卻是心靈的預言

有時一場夢幻

詩的風雨也會落單

沒有馨香思念

也沒有失眠

這一世的因緣

是平行時空的兩端

仙氣的影子

起了大霧的天氣
氤氳了迷離
你模糊不清的影子
似幻有仙氣

佛說　心如工畫師
能畫諸世間
眼前猶如夢裡
迷離霧氣有你飄逸
是心造的故事
還是境相折射了自己
是心念的形識
繪畫了仙子
還是迷霧幻迷

彷彿自己的心識

也化成了霧氣

每一點的水珠裡

有你仙氣的影子

有我心的氣息

緣份的景觀

空間瀰漫著眷戀

雲霧繚繞在山間

濕了的雙眼

從以前到今天

眷顧著美麗的容顏

恍惚的雙眼

只見到鬢髮被霜染

已經走了多遠

兩個人的從前

只是花開的緣份

一段距離的擁抱情感

讓心經歷初見　再見

遊走心田

隨著因緣寫詩篇

四季輪轉

換了衣服是戲言

一縷雲煙

如夢亦如幻

回憶昨天看今天

心無所住是隨緣

明天還在虛雲間

如露如電如是觀

那片林子

遠行的腳步
走了長長的路
遠處的山林深處
不知有沒有路
猜想你很涼
沒有暖和的溫度
看你深沉的綠色
裹著霧氣的裝束

從此　你就
豐富了我的路途

想像

不要在意天邊斜陽
也不要在意星河流淌
如果你在身旁
心就不再孤獨流浪
少了一份憂傷淒涼
卻會多一份牽絆惆悵

心會隨著風去飄盪
還有心中的願望夢想
只是業力的貯藏
會隨著因緣釋放
可能有璀璨的光芒
也可能紅了眼眶
只是夢幻旅遊的一趟
鏡像裡有緣人欣賞

笑開了來世花朵

今世相遇的緣起
是因相遇的前世
如許也如期
相續前世的愛意
那是境相裡的故事
風花雪月的影子
是你我的心跡

昨夜淋了雨絲
今天心情有了雨滴
是千言萬語
還是前世的記憶
滋養了愛苗的生機
這美好的氣息
是夢幻的朝夕

來去是無常的天氣
風雨是情緒心意
眼睛裡的你
因為心情的關係
在心裡變幻影子

映照的心湖
被風吹皺了一池
那波動的漣漪
把夢幻景象扭曲

心在夢幻裡
無奈偷偷哭泣
一陣風　又被蒙蔽
笑開了來世花朵

形象重疊的心緒
日月輪迴四季
又在夜空裡
折射出星星的神秘

心迷惑在境相裡
將情感的故事
在夢幻裡妄想事蹟
隨境將心情演繹

夢境的殘影

年少時的輕狂夢境
只剩下了稀影
寫在書卷上
也是已舊的丹青

現在有了閒情
卻只能有詩詞影子
不見詩的激情

在風雨瀟瀟亭
躲避著夢裡悲慘之境
患得患失情形
滿屋子都是殘影

意氣相投

腦子裡的想像架構
幻想一座金樓
慾念是引誘
境相世界是左右

物像會壞朽
妄想不知真謬
執著分別的心房
厚積無量塵垢

全是心所求
境與心　意氣相投
愛恨不捨不休
佔了境相一方州

不捨盼著長久

觀望著北斗

希望與日月同壽

不見皮囊起皺

只見事物所有

隨著日月度春秋

境相心中留

鏡像攝影

情意的微風輕拂

吹皺了湖衣

情深時

柔情入心化無

只好隨著風逐

尋找心歸處

深情一吻

種子落地生根
花開春風吻
心念糾纏被情所困
淪落塵世做人

一念癡情紅塵
今生有前世的印痕
那些情感愛戀
相續前世的緣份

執著浮華的一生
情陷境相夢幻愛恨
只是繁華落盡
皆是世間的浮塵

往事化煙只是一瞬

心念像落雨紛紛

只是深情一吻

一氣又化世間浮雲

情深時

情意的微風輕拂
吹皺了湖衣
情深時
柔情入心化無
只好隨著風逐
尋找心歸處

歌謠入夢處

沒有風雨

劃著小舟遊湖

太陽已西

把紅霞鑲嵌在天幕

故人情感相聚

記憶被撩起

清碧漣漪醉了心湖

情依舊　不回首

朝霞似幻的錦繡

迷惑心的春秋

情竇初開的時候

想讓情逗留

把情烙印在心頭

情緣卻不能長久

只有美麗景色依舊

情懷似水悠悠

思念已經太久

悲傷時獨飲一杯酒

情感依舊在

你卻不在眼眸

那遠去的雲還在走

隨著風不回首

毋忘的詩信

——秋天的楓葉

楓葉纏綿著眼神
忘情地擁吻
醉人夢幻的紅暈

熱情勾勒出色韻
不是風花雪月的青春
只是一腔熱忱
表達情感的愛恨

似一抹紅黃的雲

是毋忘的詩信

悄然地入心

圓滿了朝夕追尋

情留不住緣

—— 桃枝纏著青絲

你留下的桃枝

上面纏著你

柔軟飄香的青絲

只是那條綑綁的紅線

纏不住緣份的分離

愛情鳥不棲

一季無緣的花枝

風雨無情地吹襲

讓緣滅的花瓣入泥

寂落的心情

滑落無奈的淚滴

和著花泥一世

寫了一首感嘆的詩

詩名　桃枝纏著青絲

註：民俗上，在桃枝上把男女兩人的頭髮，用紅絲線綁在桃枝上，以求兩人相愛和合。

情節

心中夢幻的情節
讓寒風凜冽
吹走了以往的喜悅
吹走了兩心相約

彷彿進入了黑夜
痲痹了感覺
讓心無力很特別
寒風把心劃過
好像劃到另一個世界

回眸一笑的情節
醉心的一抹
迷濛的心跳著
就在心裡打了情結
把承諾書寫
一串迷戀的花朵

畫出一個幻想的世界
只是那奇異的花果
也是花開花落
在因緣的世界生滅
沒有永恆的寄託
只有史詩般的述說
希望得到解脫

安靜的溫柔

浮沈在喧鬧的街頭
面對著浮華煩愁
一直以來就求
能有安靜的溫柔
或者可以醉酒
有一處靜謐慰留
靜靜地將心叩
體會一下安詳回首

讓時間自然地走漏

即是輕鬆的時候

沒有封閉的心樓

夢想一片奇異的彩秀

風雨吹襲心燈

想出家為僧
情感放下　不能
心憑欄　繼續浮生
紅塵裡幻夢

到底為誰等
塵世滄桑寒冷
秋雨已經落了三更
嘴不吭聲心吭聲

心還在撐
信念是一盞燈
照亮心房屋頂棚
不用手拿燈

心和風雨相碰

心裡只有風雨聲

破滅像是刀鋒

在心裡縱橫

一念糾結成藤

纏繞心靈之城

瀟瑟風雨驟

吹襲信念的燈

被風薰風撩

依稀車馬喧囂
心彷彿還是年少
追逐著熱鬧
追逐著花色艷嬌
桃花即是嬌笑
香腮有花香繚繞
從拂曉到黃昏了
心又盼著明朝
讓晨曦的馨香薰陶
風拂柳枝裊裊
心生無限的美妙

一少女佇立俊俏
讓少年心兒飄蕩杳杳
耳旁有音樂繚繞
心被風薰風撩
那優雅悅耳的音調
好似有人在喜悅輕聊
一聲輕輕地感嘆
似雲煙情未了
不知何時能消
枝頭的鳥兒一直歡叫

生命是一段時光

一顆跳動的心臟
讓生命有了時光

抬頭仰望
晝夜輪迴登場
它們是對立的名相
日月在漫長歲月中滄桑
執著著自己的守望
這氣勢的景象
讓人盪氣迴腸
我的心隨著搖晃
心為何會相應

為何影響了思想
它們是我生命的資糧
將我滋養

我的思緒激盪
在生命裡寫下了詩行
孕育著內心的渴望
那是殊勝的天堂
是煩惱的苦處
構建出來的信仰
原來皆是心中的鏡像
不斷地疊加妄想
時空很漫長

樂此不疲

——離不開無常

有形的世界裡

無常是規律

就像晴空萬里

突然暴風驟雨

始料不及　無法解釋

那是人心無智

被業力的風吹打著

無處藏身躲避

卻看不清楚

如夢如幻的業力

因緣是一種引力

心糾纏在一起

不管什麼滋味

都有緣聚和分離

只是為了甜蜜

卻引來了萬千風雨

從此　沒法休息

為何樂此不疲

只有天地知

境相在妄念的心裡

心的情境

美好的人生
內心會有從容和淡定
面對因緣的環境
能夠看到假象裡的本性
用智慧和清醒
開創新的情景
用慈悲的心
觀看無敵的心情

滿天的星星
是心投射的相境
內心的故事
是緣份的風景
猶如月光般澄清
內心有清淨
就會有美麗晶瑩
清涼的心　玉立婷婷

緣滅不能挽回

你在心裡交瘁

流了一灣愛憐的眼淚

漸漸地開始枯萎

嚐盡了苦澀的悽悲

明知一切再可貴

緣滅不能挽回

諸事無常終究會成灰

心裡還是放不下

成為憂心惆悵的負累

心念形識跟隨

來世夢幻接著沈睡

像一輪月　時圓時虧

夢幻的心難歸

難以寂滅情執眼淚

繼續澆灌紅玫瑰

品嚐緣起緣滅的滋味

一會兒心裡美

一會兒心隨境破碎

妄想繼續著輪迴

一念的鮮活

少一份執著
就多一份灑脫
放下了執著
就獲得了解脫

執著了愛我
就多了對自己的折磨
把假象的我戳破
不需要閃躲
自然會掙脫枷鎖

不要把遺憾埋在心窩

不要執著對錯

鎖鏈不需要掙脫

那是心造的幻覺

寂靜了 無我

就不會有法的執著

不是多了沈默

而是自在鮮活

相依

天涯四處浪跡
好似有心中的相思
有曾經發過的誓
有你千年前的樣子

心裡有些情癡
只是潤雨紛紛來遲
迷濛的雨絲
化成了綿綿的情詩

今世有了相遇
是因為前世的種子
心情的雨滴
滋養了情緣的開始

春風帶來千紅萬紫
情念的雨及時
那是美好的天意
是福氣的恩賜

時光歲月飛逝
已是滿頭的銀絲
心裡冥冥之中的你
還是在心裡相依

鏡像攝影

如銀的月色清淡

月兒情落雙眼

起了情思紅塵之戀

情走纖手的指尖

繪出情感一泉

流水潺潺是感言

情感一泉

如銀的月色清淡
月兒情落雙眼
起了情思紅塵之戀

情走纖手的指尖
繪出情感一泉
流水潺潺是感言

心中美好的感言
彎彎曲曲離了山間
那是夢裡纏綿
多情醉裡又遇見
一聲輕感嘆
來去一場因緣

心動纖指一彈

水花濺濕了衣衫

癡心忘情碎了鏡面

剛才美麗的笑顏

轉瞬又惜緣散

只是一念間

又回月下悠悠河岸

眼光看著對岸

神秘模糊了河畔

也淡了一岸燈火闌珊

凸顯天上一輪月圓

讓心莫名地虛幻

朦朧無量情感

隨著河水慢慢流遠

不種玫瑰

過去的　一去不回
讓自然的風吹
吹走曾經的溫柔陶醉
吹走現在的後悔

以前的眼淚
其實無所謂
只是心在虛幻裡飛
體驗情感的安慰
那漂亮的紅玫瑰
帶著長針刺
感受它的姸美
扎破了手心手背

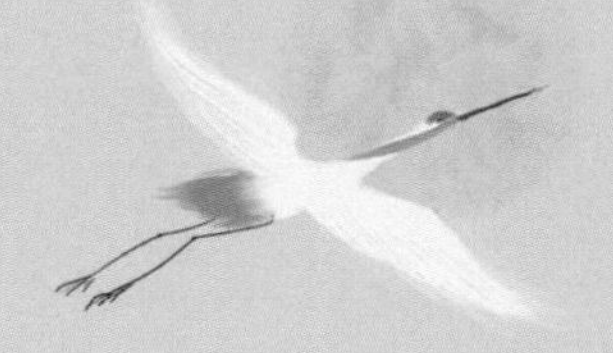

慧觀讓假象粉碎

讓自己的心

沒有執著煩惱負累

放下分別的思維

不再愚痴昏睡

不種任何紅玫瑰

讓心自在自由地飛

生情的河畔

喧囂把心弦彈
心音每天都在變
一會兒春風花面前
一會兒小橋邊

一曲歌兒惜緣
情留小河兩岸
流水醉花前
撥動的琴弦是心弦

一會兒是遠山

一會兒是近前

生情的河畔

夢幻了月缺月圓

吟唱飄到天邊

心念變化的情緣

情為何物

年輕的時候　幼稚
不知道情為何物
中年的時候　忙碌
沒時間想情為何物
老年的時候　體衰
沒力氣想情為何物

人為情笑　為情哭
情是身心所需
心只想佔據
一直為情而苦
卻不知道
情只是緣份的心思
因緣而生的禮物

揮揮手　作別情執

不再被它鎖住

仰起頭看藍天處

一切的執著

化在藍色光裡

寂滅了煩惱痛苦

情是生命的甘露

也是內心的苦楚

在眼裡進出

在心裡入住

徒留一抹惆悵

妄心夢幻的中央
因緣有了你的模樣
從此也有了浮想
有了小河清澈流淌

情深似海一場
春花開滿了山崗
美麗的景象
讓心沈浸欣賞
淹沒在夢幻的境相

一季豔麗芬芳

為何徒留一抹惆悵

為何又瘦花黃

隨即的感傷

風雨寒了熱心房

心情哭壞了心腸

世間諸事無常

掩埋了內心情長

也枯黃了整個山崗

心想逍遙

風雨瀟瀟

人在城外鄉郊

雨中天色朦朧渺渺

心像一隻淋濕的飛鳥

在雨裡飄搖

不知如何是好

時至今朝

情感飄在雲霄

人已經在紅塵裡歲老

心船繼續搖呀搖

經歷了多少風雲嘯

難以自在

只有仰天長笑

盼著有世外桃源

能在青山秀水逍遙

梅 花

幾枝梅花
在寒冷的風雪中開放
獨秀芳顏
在寒冷寂寥的原野上
散發著芬芳

花枝清雅
花色秀美
讓冰雪成為衣裳
做花魁　倩影飛揚

幽香宜人
獨醉枯木叢中
嬌搖輕晃　讓心迷茫

慾望的紅塵

溫暖的時節春分
將陰陽晝夜寒暑平分

拿一束美麗的鮮花
將另一半找尋
送給心中的情人
求得內心平衡
這就是陰陽的紅塵

分別心將事務區分
思緒妄念紛紛
渴求著熱烈紅唇
打開情執的門
那顆沈迷的靈魂

沈醉在伊人

續寫著浮生

製造著愛和恨

這慾望的無底洞

是真的好深

引誘貪婪的人心

繼續將紅塵的酒斟

繼續六道的轉輪

留下幻影的傷痕

註:無底洞是西遊記的故事,代指人的慾望。

通靈的隕石

我是天上的
　一顆劃過的流星
　　為你而來
　　　為你燃燒閃亮
為了你
　我來到了這個世界
　　從此我
　　　改變成了隕石的模樣

你可認識我
　是否還記得
　　前世的形象
你曾經
　無數次地
　　用心靈感應吉祥
那是我化成的隕石
　被你珍貴收藏
　　經常給你靈感的光芒

我曾經為了見你
　化成飛鳥
　　在你周圍不停地飛翔
我曾經為了等你
　化成一棵大樹
　　讓你走累了依靠遮陽

我最後為了你
　化成了一顆石頭
　　來見今世的你
它就是
　你見到的流星劃過
　　是燃燒後的寶藏
　　　那顆隕石自然的形象

……頭

雨水下　河水流
一去不回頭
天憂愁　心憂愁
何時才是頭

扯一扯淋濕的衣服
抹一抹雨水撫濕的頭
我在濛濛細雨中走
涼水澆心頭
不見陽光只見愁
不堪有回首

靜心勤拂拭
妄念心不留
莫使塵埃惹心頭
清淨是頭籌

清淨觀想

內心不平靜　心頭翻巨浪
看不清世界　不斷有妄想
自以為聰明　執著虛幻相
六道輪迴轉　心隨著境相

清淨觀想
觀想寂滅妄想
貪嗔痴消亡
慧命成長
遍處寂靜光

唯心現

千百次的回眸　今世得以相談

千百次的動心　今世得以相戀

千百次的錯開　每世都留茫然

千百次的無語　每世都留遺憾

當今生今世

　可以相談的時候

　　才明白八苦的世間

　　　是怎樣來怎樣化現

當今生今世

　可以相戀的時候

　　才知道美麗的花朵

　　　只會短暫開放燦爛

想美好永恆

　才知道無苦的世界

　　是慈悲清淨的佛土

　　　是內心的清淨安然

陰陽的塵世間

太陽和月亮的臉

美好了心田

幻化出情感的泉

將心靈澆灌

滋養了愛戀的雙眼

陰陽兩極放電

妄想顛倒迷亂

千年迷離情意

心有一點靈犀

兩顆心會意

心與心可以相依

可以期許

共有一對隱形雙翼

翱翔同一個天地

一切苦樂悲喜

將情淋漓盡致

從此沒有孤單流離

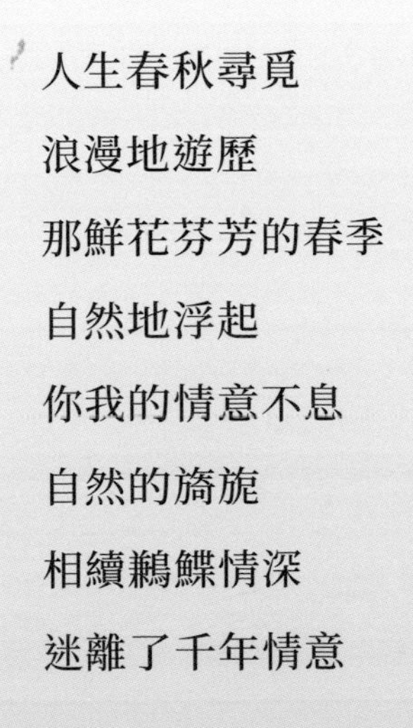

人生春秋尋覓

浪漫地遊歷

那鮮花芬芳的春季

自然地浮起

你我的情意不息

自然的旖旎

相續鶼鰈情深

迷離了千年情意

浪漫情懷一汪洋

浪漫情懷一汪洋
那深深的藍色是我的柔腸
是我情感的夢想
你愛情的水流
流入我寬廣的胸膛
彼此融合了思想
也成了藍色夢幻的汪洋

希望你來到我的殿堂
在我柔情的浪漫的心房
有夢鄉的搖床幻想
在相愛的世界裡
它是那麼的廣袤無疆
浪漫的情懷是汪洋

你溜進我的心房

一首歌謠藏進了行囊
那是你的哼唱
句句溜進了我的心房
我驚奇地費思量
句子也有模樣
帶著美好的馨香
更新了心中的氣象
打開了一扇窗
有美麗萬千的景象
我一路開心歌唱
伴著你的心想飛揚

一朝一夕

隨著自己的心意
尋找光明的希冀
沒有畏懼
雖然有些孤寂

一步一步的距離
拉長了過去
拉長了回憶
我還是不停地遊歷
向前走去
不讓過去成為牽制

心想了一份美麗
也是未來的緣起
產生了愜意
讓心有一線的生機
催生未來的希冀

一朝一夕
就是一生一世
把它畫成精彩的畫冊
充滿美好詩意

碎了的愛意

碎了的愛意
是剪不斷的糾葛
在心裡鐫刻
痕跡讓心無可奈何
雖然花已落
心還是難以放下
情傷不易縫合
是難以袪除的苦澀

又是月圓的夜色

心中只有寂寞

情思難以捨

糾纏難解的因果

求得難得

因為心分你我

有了色空分別

是那妄心生了空色

鏡像攝影

化現一場夢幻
惟你在心裡眷戀
愛意蕩漾繾綣
像詩一樣寫在雙眼

天書般的文

那個難過的傷痕
就是淚痕
那淚一點一滴
琢了有多深
刺痛了愛你的靈魂

世界有點亂紛紛
每個漂泊的人
都會有聚散離分
因緣不會安穩
現實很殘忍
粉碎了年少的單純

紅塵就像一根針

會給身心留下印痕

一路的滄桑

印記了衰老的心身

留下的唇吻

成了奇特的花紋

有前世的因

有來世預言的符

一切都是天書般的文

夢幻眷戀

化現一場夢幻
惟你在心裡眷戀
愛意蕩漾繾綣
像詩一樣寫在雙眼

此情在世間
像長河的情思漫漫
潺潺清澈流遠
一曲美妙歌謠婉轉
輾轉反側難眠
情感不斷地纏綿

身心相守相欠

妄想情思綿綿不斷

愛難以釋然

連綿地流過千山

夢幻越來越遠

卻加深了懷念

蜜了情感的花艷

冬天遇見了春天

從此化去了寒

春風輕拂　有了溫暖

看見了花的笑顏

有緣相愛的人遇見

體會了因緣

體會了花開情暖

有了歲月雲煙

看著春雨綿綿

雨絲情濕了心田

滋潤的水蜜甜

蜜了情感的花艷

連接兩顆心的紅絲線

把心緊緊地相纏

一念隨緣情撩

一念隨緣情撩

惹了煩惱

繞不過的傷心道

聽了一路嚎啕

沒有蹊蹺

只因八苦圍繞

火宅在燃燒

卻看不出門道

嗅到了因緣的味道

妄念湊著熱鬧

情執把風月瞧

夢幻美景良宵

慾望的情念用心描

匆忙有些潦草

一念心思纏繞

心又想逍遙

沾染了一串哭笑

日月卻是心照

一段妄想的距離

耳旁盡是流言蜚語
大師說那是業力
我的心只有一個唯一
所以就疏遠了自己
那是心的猶豫
不想繼續著在意

看著你的背影離去
沒有喊你的勇氣
已經不是衝動的年紀
淡化了情感的淚滴
心也習慣了清靜安逸

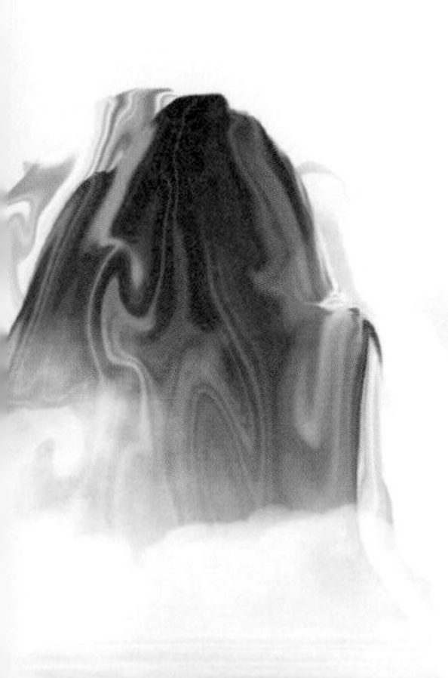

雖然你是內心的歡喜

戳破了並不容易

無緣能夠解釋

淡然的心念氣息

吹散了情念心意

把寂靜當成了皈依

無苦的咒語

那片情感的海域
起了好大的霧
不知如何出去
心好像在迷霧的深處

整理了一下思緒
也看不清楚
哪裡有一條出路
更看不到夢幻的結局

只是恍恍惚惚
一念靈光閃出
大慈大悲觀世音菩薩
尋聲救難救苦
觀念六字大明咒語

靜下心來是路途

光明自然眷顧

光明照世界萬物

慈悲佛光遍處

世界光明無霧無苦

邂逅 晚秋

期盼著一場邂逅
那是現在的心獨守
曾經的傷口
還在心裡左右

不知什麼時候
情感的選擇
已經站在了路口
如同身前與身後
內心的情感
不知誰能解情扣

楓葉紅了的晚秋
心思是否猜透
情感的語言
平時裡早已露頭
不要到了最後
成了寂寞的承受

試圖把時光挽留
變成了無望的綢繆
在河畔的小路
只有自己徘徊遊走

春季的笑顏

春風吹拂
　你展開了
　　美麗紅潤的笑臉
整個春季
　你的身影
　　浮現在我的面前
喜悅期盼
　還有溫暖
　　都是你帶來的歡顏
整個春季
　你的容顏
　　已刻在生命的航班

平 淡

越來越淡　越來越遠　心感覺遙遠
平平淡淡　簡簡單單　心感覺心安

不為什麼　只為心願　才相聚平安
作別藍天　作別雲彩　沒法作別願

心中所想　行動所做　心安住隨緣
無形無相　無所執著　拈花一笑焉

情也平淡　物也平淡　一切皆平淡
有也平淡　無也平淡　解脫是平淡

宛 如

宛如是一朵紅玫瑰
帶著刺　卻是那麼的美艷
又散發著花的清香

宛如是一隻漂亮的小鳥
在春天的樹枝上
開心地把春光婉轉歌唱

宛如是春天的晨曦
讓人感覺朝氣　清新　向上
心中升起生活的希望

宛如是紅紅的晚霞
讓人心動　讓人陶醉

油然而生戀愛的心情
浪漫的瞳孔　自然有了芬芳

宛如是夏天夜空的月亮
皎潔清涼的月光
讓人陶醉　讓人清爽
產生朦朧美好的夢想

宛如是神秘夜空
一顆劃過的流星閃亮
在我生命中出現
在我的心上留下痕跡
從此　它一直閃閃地發光

宛如是上天的恩賞
你就是快樂的音符悠揚
那動心的情歌
一直縈繞在我的耳旁
激盪著熱情的心房

宛如是高雅聖潔的女神
腳踏著祥雲　帶著吉祥
你在身旁的時候
好像是在美好的天堂

心翱翔　想像

我在天空翱翔
展開心的嚮往
曾經觀想在聖女峰上
把美麗的山河瞭望

我飛到九霄雲外
回看母親的懷抱
我的母親般的地球
是最美藍色的想像

藍色的想像
藍色的懷抱
如同東方琉璃世界
藍色的清涼吉祥

西遊記粉絲傳(妄議笑談)

少時　羨慕孫悟空的火眼金睛
打敗妖魔鬼怪的英雄形象

青年時　眼裡都是花花世界
情愛浪漫像是豬八戒的模樣

壯年時　任勞任怨地幹活
勞累少語像是沙悟淨的實在像

中年時　上有老下有小
為生活做牛做馬和小龍馬一樣

老年時　累了　老了　無力了
想輕鬆地活著　內心安詳
要難得糊塗　彷彿唐僧模樣

神秘的緣

神秘夢幻的緣
因緣具足了是伴
輪迴的伏筆
把美好的情念
寫在了紅塵世間

猶如一抹淡淡雲煙
只是顧盼了一眼
自然地引發了
前世種子發芽續緣
成了今世的笑臉
讓心浮想聯翩

在美麗的藍天

飄起一片

豔麗的彩色雲煙

從此生眷戀

撥彈著生命的琴弦

一曲春秋歌謠依然

風花雪月悲歡

觸景生情又見誓言

只是一場愛戀

消散了孤單

和鳴了一首詩篇

期盼流芳百世人間

留下一份情感紀念

內心輕鬆釋然

好像沒有留遺憾

留下了種子的情感

輪迴在夢幻自然

紅塵的煙波

紅塵的煙波
色彩起起落落
執迷的春色
心意策馬而過
為何那麼多的苦澀
那麼多的爭奪
明明是虛幻的泡沫

為何時常回眸
明明只是一過客
為何那麼執著
遊蕩在塵世裡蹉跎
而不把其看破
放下一切夢幻之相
逍遙自在解脫

神 秘

一陰一陽　無終無始
終者日終　始者自始

無始以來　因無明
心動有了形識
形識皆有數
就是生滅的時日
就是幻象的運動距離
據說兩顆相愛的心
會改變時空距離
又說是妄心的演繹
述說了一堆故事

妄念不停息

愛著自己的影子

一會兒練太極

一會兒隨境風雨至

內心的天氣

也是陰陽不調適

將心念靜寂

不知是生兩儀的太極

還是混沌的無極

想了解此奇異神秘

淨心思維觀修

卻寂滅了法界天氣

眼眉

那兩行未乾的眼淚
折射心中的傷悲
那美麗的眼眉
寫著哀怨的憔悴

心中的花已枯萎
花瓣隨風凋落飄飛
似飲苦酒一杯
心往深淵裡沉墜

情在塵世裡遊過
心花怒放一朵
芬芳是承諾
消散有緣人的寂寞
轉眼成了寄託
花開了結果

續約

心在情海裡穿梭
唱著展現的歌
一腔情感熱
渲染了五光十色
像燦爛的煙火
把美好述說

情在塵世裡遊過
心花怒放一朵
芬芳是承諾
消散有緣人的寂寞
轉眼成了寄託
花開了結果

心有了殿堂輪廓

裝飾了吉祥的瓔珞

輕鬆地生活

一臉開心喜悅

只是花開了花落

輪迴又來續約

親吻了傷痕

親吻了傷痕
回憶了風雨凋謝
在漫漫的黑夜
站在碎了路燈的長街
經歷了離別

親吻了白雪
心被寒冷凝結
這個殘酷冰寒的季節
早已摧殘了搖曳
花木已凋謝

觀看了寂滅

不再有熱情風月

心願幻化的那對蝴蝶

消失在枯黃的原野

風在呼嘯宣洩

扭曲的心房

不順的時候
時間好像很漫長
內心也時常感覺蒼涼
順利的時候
時間跑向遠方
還沒有來得及歌唱
就像一瞬的流光
已不在身旁

有兩個心室的心臟
會有扭曲時空的感想
煩惱情感的貯藏

一個是熱情的光芒
一個是寒冷的荒涼
彼此糾纏　消長
又彼此在心河兩岸
糾葛地相望
有時怨恨哀傷
有時卻懷有莫名衷腸

心　時常惶惶
追逐著奇幻的時光
始終不能如願
將其留在迷茫的心房

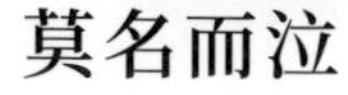

莫名而泣

心念的雨滴
是心念的回憶
回憶把情思
連帶著往昔勾起
沈浸在夜色裡

一陣風颳起
往日的圖片拾起
那是煙雨詩詞
為你生出的美麗
像是飄落花瓣
成了醉心的雨滴

心情的雨滴

是因為有了你

心念一動

莫名地飄來風雨

是莫名而泣

吹搖心燈一盞

一曲歌謠當年

吹搖了心燈一盞

情絲纏繞初見

卻似曾相識

必然恍惚情牽

心中是熟悉的臉

花開花落是輪轉

相逢只是今生緣見

此緣情執歲斷

來世還是紅塵現

看著日月情照河畔

還是站在花前

隨緣不是等

建一個窩或者建一個城
這是生命的本能
是尋求安全地盤的心
卻希望在曠野裡飄歌聲

期盼一個美夢
心就在煙雨裡迷濛
貪執依戀了感情
就再也捨不得好風景
直到有了心疼

埋怨著一切不停

不見心覺醒

只想喜歡就佔有相擁

讓自己成為夜空的一顆星

閃爍著慧光的眼睛

心清澈　安詳　清淨

只是隨緣不是等

內心的世界就會明澄

迷茫

煩惱在心裡

消磨著日月時日

走過了四季

滋味如何卻不知

不識冷暖情意

境相如幻卻沈迷

生命已老去

看了多少花謝飄逝

寒風吹落多少枯葉

冰雪覆蓋了前世

時空在心裡

水遇到寒冷

心就凍在冰裡

遇熱變成水氣

心又在哪裡

它飛在天空裡

化在藍色裡

它還在幽幻的夢裡

時光只是一縷雲煙

時光藏了誓言
皺紋記錄著滄桑浸染
那抹飄起的雲煙
是歲月染舊的初見

流逝的夢幻經年
輪轉了多少花艷花殘
妄想不斷地改變
讓心虛化了美麗容顏

思緒隨著境相紊亂

又把它悄悄送遠

一縷青煙從濃變淡

最後散了　不見

進入迷霧的化境

霧氣瀰漫迷濛不清
遮濛了樹林
也遮濛了眼睛
看不清的山景
猶如恍惚的心境
遍尋不著上山的小徑

看山間小溪清清
幽幽地蒙上神秘
看不見去向的河徑
潺潺的流水聲
只聞清唱不見身影
進入了迷霧的化境

生滅平等

有生有死來去平常

最多就是時間的短長

貧賤富貴的心房

都喜歡花的芬芳

情感的河水皆會流淌

無論是人間　地獄

還是美好的天堂

都有生滅　都有時光

只是時空壽命不一樣

無論什麼模樣

都有形識的名相

有興盛和衰敗之相

自然有生滅之相

前世的吻痕

手指上的箕紋和斗紋
那是心的嘴唇
那是前世的吻痕
那是業力的大樹根

妄想的大樹茂盛
樹枝都是執著的愛恨
樹葉延續著妄想
和天地日月的緣份

從黑夜到早晨
從早晨又到黃昏
大樹的年輪

將生命的痕跡保存
成了一次次的劇本
演繹輪迴和離分

從熱情的年少青春
到年老無奈想安穩
想美好的心隨著境相
不如意　也不順

似泡沫

歲月悠悠的歌
像風一樣地穿梭
哭笑都經過
也曾悄悄地靜默
只是隨緣生活

風曾經委婉地說
塵世五光十色
誘人情感發熱
瞬間的承諾
只是發熱的泡沫

踟躕化成蹉跎

蹉跎期盼著絢爛煙火

沒有行動的懦弱

妄想一個結果

是風吹散的灑脫

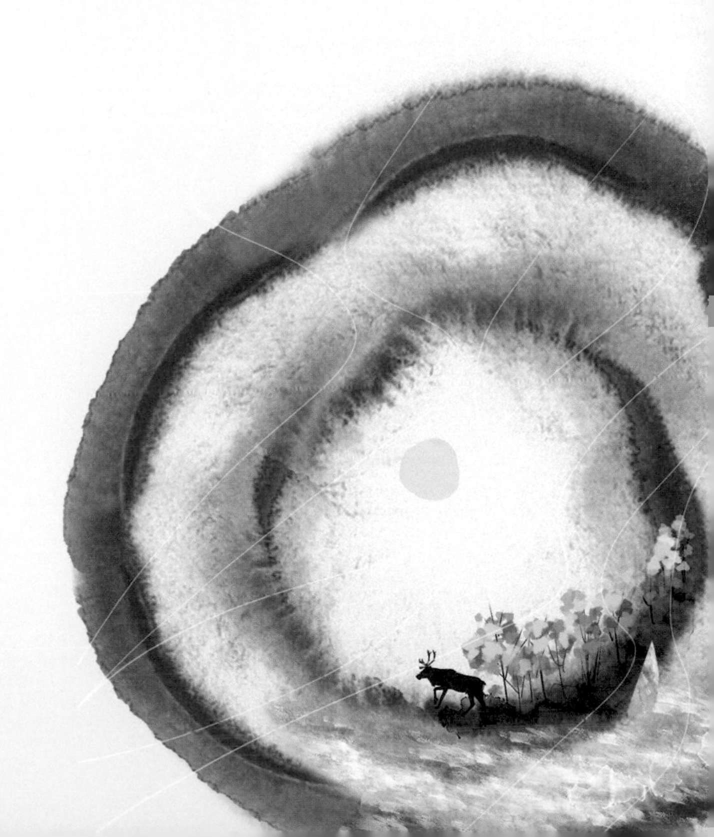

牽掛

一首浪漫歌謠唱罷
流逝了一世芳華
無論多麼瀟灑
總有一天走到天涯
只有夢幻的影子留下
卻是心的牽掛

時光本身就是神話
只是一念的風颳
就有了你我他
分別執著了名相
在妄想的世界裡掙扎
妄念生了我相
將生命的時空輕踏

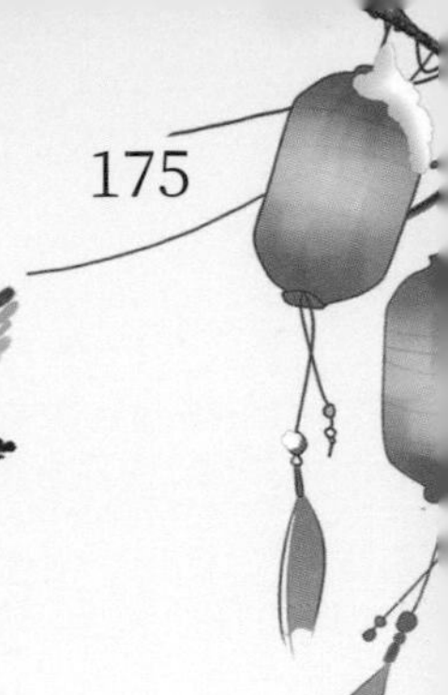

生命的軌跡

命運讓人在世界裡
經常身不由己
不停地遷徙
一生的遊歷
那是緣份的體現
只是來去的生命軌跡

想循著自己的心意
顯示無所畏懼
努力承擔起
命運腳步的歷史
卻感覺命運無形的手
更是所向披靡
真是難以抵禦
感嘆生命的業力

迷惑在幻化

人生漫長的步伐
隨業停不下
追逐的喧鬧繁華
很難放得下
內心的掙扎
讓人感覺沒辦法
心裡的話
只有對著天喊啊
還是隨著命運
身不由己地走天涯

明知是心的幻化

還是有牽掛

在夜晚的月光下

情感的訴說啊

聲音卻嘶啞

明明到處是傷疤

眼淚偷偷地擦

還是貪戀呀

迷惑在心的喧嘩

迷惑在虛幻的心花

一恍惚的夢幻

經歷了愛的流年
明白了只是一段情緣
在期待心裡面
體會了思念
難以抹去你的容顏

把願望發出多少遍
你卻不在眼前
好像消失在天邊
一晃就是多年
知道今世已經緣盡
成了飄散的雲煙

命運無奈地埋葬了

一切美好希望的畫面

吹逝了內心的懷念

逐漸地冰封了

往昔的流年情感

只是時常地看看天

彷彿還能看見

那縷奇妙迷惑的雲煙

又好似花了眼

只是一恍惚的夢幻

心房的天氣

莫名其妙想起
你美麗可愛的樣子
彷彿雲雨而至
擾亂了心房的天氣

說明你的痕跡
一有恰當的時機
就觸動那惦記
你藏在心中的哪裡
又好像若即若離
還是融合在生命裡

唱一首歌曲回憶
為何落淚哭泣
模糊的眼看不清楚
好像是你的影子

恍兮　惚兮
嗅到你芳香的氣息
只是突然聽聞
一串開心的笑語
似清涼的風輕拂
原來沈浸在夢幻裡
隨緣一段沈思

纏綿和消遣

心有太多的纏綿

生了一縷雲煙

幻化出春花芳香鮮豔

旋即紅了秋天

那長滿楓葉的山巒

四季的風光過眼

又扯動了心念

隱約覺著越飄越遠

只是無法倖免

快速輪轉的時間

讓心無奈地疲倦

境相悄悄地把心消遣

把冷熱變幻

也化妝了四季的臉

情絲飄逸

情絲在風中飄現
揮舞著長劍
想斬卻斬不斷
原來那是緣
緣到了要兌現

曾經動心的愛戀
種下的思念
延續了多世輪轉
情執的藤蔓
纏繞了千年　萬年
那是心生的情執
只有心能斬斷

在晚風裡無奈長嘆
感嘆著月殘
那失落的心境
遮起您一多半的臉

緣起緣滅的衣衫
其實也是夢幻
貪和捨的妄念
不執著就好
把握當下只是隨緣

詩集後記：

《奇蹟》

落在湖面上的雨滴

粉碎了身體

卻和湖水融為一體

把破碎的心拾起

不再到處尋覓

成了湖水清碧

交融清雅的詩詞

映照純潔白蓮的美麗

想想挺奇蹟

那牽腸掛肚的情義

到處追隨的情思

隨著因緣演戲

卻不能把約定忘記

在機緣成熟的日子

因緣次第具足

那心靈妄想了天地

也見證著白蓮

不染而出離污泥

鏡像詩集

《郵寄》
已出版

《靈魂》
已出版

《一池紋》
已出版

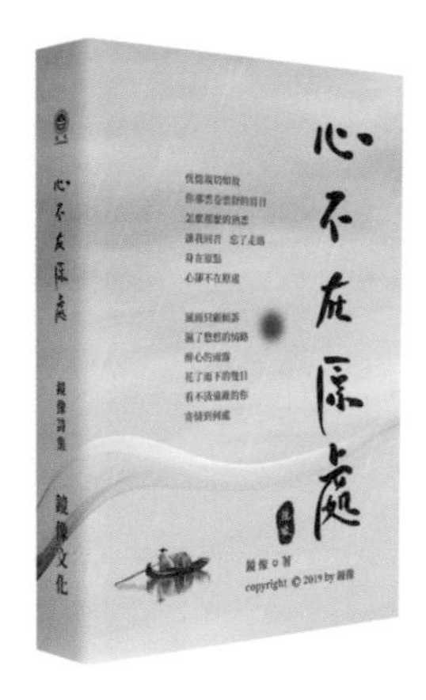

《心不在原處》
已出版

鏡像詩集

《眼角》
已出版

《折射》
已出版

《隨緣》
已出版

《情感的風鈴》
已出版

鏡像詩集

《情池》
已出版

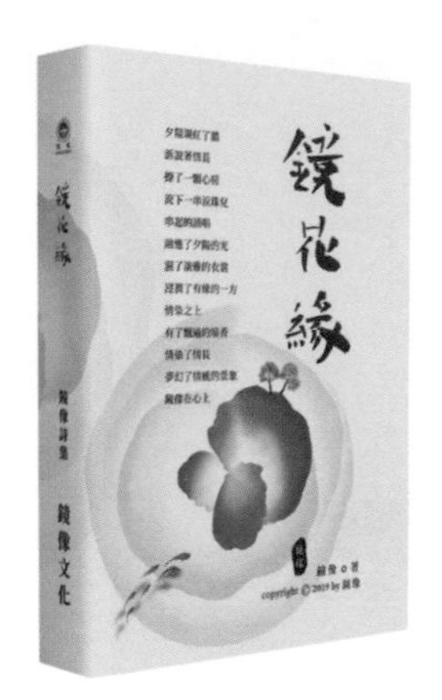

《鏡花緣》
已出版

《心舍》
已出版

《一彎彩虹橋》
已出版

鏡像詩集

《心情的小雨》
已出版

《飄舞》
已出版

《幻境乾坤》
已出版

《心靈的筆觸》
即將出版

鏡像詩集

《桃花夢》
即將出版

《心雨》
即將出版

《困惑》
即將出版

《黑白的眼》
即將出版

鏡像詩集

《坐在山巔》
即將出版

《印記》
即將出版

《心念》
即將出版

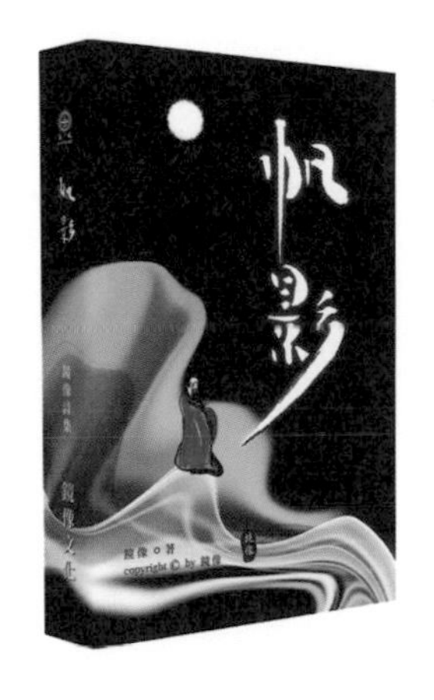

《帆影》
即將出版

鏡像詩集

《情海》
即將出版

《宿緣的一眼》
即將出版

《情送伊人》
即將出版

《河岸》
即將出版

鏡像詩集

《心田之相》
即將出版

《原點》
即將出版

《眼神的影子》
即將出版

《四季飛鴻》
即將出版

鏡像系列詩集

幻境乾坤 鏡像詩集

作者	鏡像
發行人	鏡像
總編輯	妙音
美術編輯	彩色 江海
校對	孫慧覺
網址	www.jingxiangshijie.com
YouTube頻道	鏡像世界
臉書	www.facebook.com/jingxiangworld
郵箱	jingxiangworld@gmail.com
代理經銷	白象文化事業有限公司
	401台中市東區和平街228巷44號
	電話:(04)2220-8589
印刷	群鋒企業有限公司
出版日期	2020年11月 初版
ISBN	978-1-951338-68-8 平裝

定價 NT$520

網站

YouTube

臉書